내 방귀
실컷 먹어라

신나는 책읽기 ⑯

내 방귀 실컷 먹어라 뿡야

2008년 9월 25일 초판 1쇄 발행
2021년 10월 19일 초판 9쇄 발행

지은이   이용포
그린이   노인경

펴낸이   강일우
책임편집   조형희
디자인   신수경
펴낸곳   (주)창비
등록   1986. 8. 5. 제85호
제조국   대한민국
주소   10881 경기도 파주시 회동길 184
전화   031-955-3333
팩스   031-955-3399(영업) 031-955-3400(편집)
홈페이지   www.changbikids.com
전자우편   enfant@changbi.com

ⓒ 이용포, 노인경 2008
ISBN 978-89-364-5116-5 73810

내 방귀
실컷 먹어라

이용포 동화 ● 노인경 그림

창비

망태 할아버지를 따라가자

내가 어릴 적, 말을 듣지 않을 때면 어른들은 이렇게 말하곤 했습니다.

"망태 할아버지가 잡아간다."

어른들에게 그 말을 들을 때면 겉으로는 아무렇지도 않은 듯 내색하지 않았지만 속으로는 망태 할아버지가 정말 나타나서 나를 잡아갈까 봐 두려웠지요. 지나가는 낯선 할아버지를 보면 혹시 망태 할아버지가 아닐까 의심하기도 했고요.

어른들이 말해 주는 망태 할아버지는 무서운 존재였어요. 아이들을 잡아가서 구걸이나 도둑질, 소매치기 같은 못된 짓을 하게 한다거나 먼 곳으로 데려가 팔아 버린다고도 했지요. 아이들 사이에 떠도는 망태 할아버지 이야기는 더욱 끔찍했어요. 아이들을 잡아가서 불에 구워 먹거나 기름에 튀겨 먹거나 김치를 담가 먹는다지 뭐예요. 그런 망태 할아버지에게 잡혀갈까 봐 정말 무서웠어요. 하지만 어른들은 걱정하지 말라고 했어요. 어른들 말만 잘 들으면 망태 할아버지가 잡아가지 않는다는 거예요.

그래서 나는 어른들의 말을 잘 들으려고 노력했어요. 망태 할아버지에게 잡혀갈 수는 없잖아요. 그러나 한편으로는 망태 할아버지에게 잡혀가면 어떻게 될지 궁금하기도 했어요. 망태 할아버지를 먼발치에서라도 보고 싶었어요. 하지만 안타깝게도 망태 할아버지를 만난 적은 한 번도 없었습니다.

그러다 어른이 되어서야 망태 할아버지를 만났답니다. 허풍이라고요? 아니에요, 사실이에요. 망태 할아버지가 날 찾아와서 "여보쇼, 작가 양반! 내 이야기 좀 써 주쇼." 그러지 뭐예요. 못 믿겠다고요? 흥! 마음대로 생각하세요. 난 거짓말이라고는 코딱지만

큼도 할 줄 모르는 사람이라고요. 산타 할아버지를 믿는 친구라면

내 말을 믿어 줄 거라고 믿어요.

  자, 그럼 망태 할아버지가 어디서 어떻게 사는지, 만나러 가 볼

까요?

                                                    2008년 가을

                                                    이용포

차례

1. 꿈틀이 엽기 젤리

부스럭! 부스럭!

덕배가 책상 서랍에서 무언가를 꺼내 입속에 쏙 집어넣고 눈동자를 굴린다.

꿈틀이 엽기 젤리다!

딱 한 번 먹어 보았다. 생긴 건 벌레 같고, 고무처럼 질긴데다, 너무 시어서 목이 어깨 속으로 움츠러들고 눈이 질끈 감긴다.

불량 식품이라며 엄마는 절대 못 먹게 한다. 하지만 딱 한 개만 더 먹어 보고 싶다. 그렇다고 덕배처럼 공부 시간에 먹기는 싫다. 그건 막돼먹은 아이나 하는 짓이니까.

나는 손을 번쩍 들고 외쳤다.

"선생님! 덕배가 꿈틀이 먹어요."

선생님이 덕배에게 다가가 아무 말 없이 손을 내밀었다. 덕배는 순순히 꿈틀이 엽기 젤리를 선생님 손바닥 위에 올려놓았다.

"꺄아악!"

선생님이 비명을 질렀다. 꿈틀이 엽기 젤리가 바닥에 떨어졌다.

"이, 이게 뭐니?"

선생님이 꿈틀이를 가리키며 물었다.

"꿈틀이 엽기 젤리요."

"먹는 거예요."

"맛있어요."

아이들이 너도나도 아는 척을 했다.

선생님은 "에휴……." 하고 한숨을 내쉬었다.

"덕배야, 공부 시간에 이런 거 먹으면 안 돼."

선생님이 덕배를 타일렀다.

선생님은 너무 착하다. 우리 엄마라면 따끔하게 혼내 주었을 텐데…….

"그리고 수야, 친구의 잘못을 얘기할 때는 다른 친구들이 모두 듣는 곳에서 하지 말고 선생님한테 귓속말로 해 달라고 부탁했잖니."

선생님이 부드러운 목소리로 말했다.

"네……."

나는 기어 들어가는 목소리로 대답했다. 잘못은 덕배가 했는데 내가 왜 야단맞는 기분인지 모르겠다.

이게 다 시골뜨기 덕배 녀석 때문이다.

덕배는 한 달 전에 전학 온 아이다. 아빠가 꿈틀이 엽기 젤리 공장을 하다가 망해서 서울 외할머니네에서 살게 되었다나 어쨌다나. 학원도 안 다니는지 학교가 끝나면 엄마가 데리러 올 때까지 운동장 놀이터에서 혼자 논다.

오늘도 수업이 끝나자 덕배는 놀이터로 달려갔다.

덕배를 피하고 싶지만 학원 버스 타는 후문으로 가려면 놀이터를 지나가야 한다.

덕배는 철봉에 다리를 걸고 거꾸로 매달려 있다. 꼭 박쥐 같다. 아슬아슬하다. 저러다 떨어지면 어쩌려고…….

"야! 에스컬레이터 거꾸로 타러 갈랑가?"

철봉에 거꾸로 매달린 채 덕배가 나에게 말을 걸었다.

에스컬레이터를 거꾸로 타자고? 그게 얼마나 위험한 일인데!

나는 못 들은 척, 더 빨리 걸었다.

"나 좀 봐!"

덕배가 쏜살같이 달려와 내 앞을 가로막았다.

"선생님! 덕배가 때리려고 해요!"

하고 소리를 지르려는데, 덕배가

"아나!"

하며 꿈틀이 엽기 젤리 한 봉지를 통째로 건네주었다.

내가 받지 않자 덕배는 꿈틀이 엽기 젤리를 내 주머니 속에 넣어 주고는 놀이터로 돌아갔다.

나는 도망치듯 놀이터를 지나 후문으로 나왔다.

덕배는 왜 나에게 꿈틀이를 주었을까? 나라면 싸움을 걸었을 텐데……. 불량 식품 먹고 배탈이나 나라고 그러나? 진짜 나를 골탕 먹이려고?

꿈틀이 엽기 젤리를 버리려고 쓰레기통을 찾았지만 보이지 않는다.

입 안에 침이 고인다. 먹고 싶어서 그런 건 '절대' 아니다. 덕배가 준 꿈틀이를 먹느니 차라리 진짜 벌레를 먹고 말겠다!

꿈틀이를 버리고 싶은데 쓰레기통이 없다, 쓰레기통이, 쓰레기통이…….

엄마한테 들키면 틀림없이 혼날 텐데…… 어쩌지? 어쩌지? 어쩌지?

좋은 수가 있다! 먹어 버리는 거다!

주머니 속에서 꿈틀이 하나를 꺼냈다. 쿵! 쾅! 쿵! 쾅! 가슴 위로 코끼리가 달리는 것 같다.

주위를 살폈다. 날 보는 사람은 아무도 없다.

꿈틀이를 얼른 입속에 넣었다.

누가 물어보면 이렇게 대답해 줄 생각이다.

"먹는 거 아니에요. 입속으로 버리는 거예요."

천천히, 아주 천천히 씹었다. 꿈틀꿈틀! 몰캉몰캉! 입 안에 진짜 벌레가 든 것 같다. 먹고, 먹고, 또 먹고……. 이제 딱 하나 남았다.

주머니에서 마지막 남은 꿈틀이를 꺼내려는데 허리가 기역 자로 굽은 할아버지가 내 옆을 스치고 지나갔다.

"엄마야!"

나는 도둑질을 하다가 들킨 것처럼 화들짝 놀랐다.

할아버지도 놀랐는지 어깨에 메고 있던 가방을 떨어뜨렸다.

"어이쿠! 내 망태!"

할아버지는 바닥에 떨어진 망태를 보물이라도 되는 것처럼 소중히 품에 안았다.

망태? 어디서 들어 본 말인데……. 아! 생각났다. 시골 할머니 댁에 갔을 때 본 적이 있다. 할머니는 내가 말썽을 부릴 때면 망태 할아버지가 잡아간다고 말했다. 한 번도

본 적은 없지만 무시무시한 할아버지라는 건 틀림없었다.

"애야, 말 좀 물어보자스라."

망태 할아버지가 나에게 말을 걸었다.

"한 사흘 맘껏 놀고 싶어하는 아이를 찾는데, 어디로 가야 만날 수 있을라나?"

맘껏 놀고 싶어하는 아이?

"그런 건 왜 물어보시는데요?"

내가 따지듯이 물었다.

"원 없이 놀게 해 주려고 그러지. 아이스크림도 먹게 해 주고, 또……."

망태 할아버지가 대답했다.

유괴범이다!

엄마가 그랬다. 낯선 사람이 아이스크림을 사 주겠다고 하면 절대 따라가선 안 된다고. 그런 사람을 유괴범이라고 한다고. 유괴범을 따라가면 구걸하는 거지나 소매치기가 된다고.

망태 할아버지가 아이들을 잡아가서 불에 구워 먹거나 김치를 담가 먹는다는 할머니 말도 떠올랐다.

"살려 주세요! 유괴범이에요!"

하고 소리를 지르려는데, 갑자기 망태 할아버지가 망태를 내팽개치고 찻길로 뛰어들었다. 그러고는 달려오는 차를 막아섰다.

끼이익!

차가 망태 할아버지 앞에서 간신히 멈추었다.

"이 노인이 실성을 했나! 갑자기 뛰어들면 어떡해!"

운전수가 망태 할아버지에게 삿대질을 하며 고함을 질러 댔다.

망태 할아버지는 운전수의 말에 아랑곳하지 않고 차 앞에 서 있는 어떤 아이의 손을 잡고 길을 건너갔다.

그때, 할아버지가 내팽개치고 간 망태가 눈에 들어왔다.

망태 속에는 뭐가 있을까? 진짜 망태 할아버지라면 아이를 구워 먹다 남은 발가락이라도 있을 텐데……

발끝으로 망태를 톡톡 걸어차 보았다.

딸그락!

어, 무슨 소리가 들린 것 같은데? 뼈다귀 부딪히는 소리랑 비슷한걸.

궁금해서 못 참겠다! 나는 쪼그리고 앉아 망태 속을 들여다보았다.

애개! 아무것도 없잖아!

아니야, 뭐가 보이는데! 저게 뭐지?

바로 그 순간이었다. 갑자기 망태가 내 머리를 집어삼키기 시작했다.

꿀꺽!

꿀꺽!

꾸울~꺽!

망태가 머리부터 발끝까지 집어삼켜 버렸다. 냄새 나는
내 신발까지 몽땅!

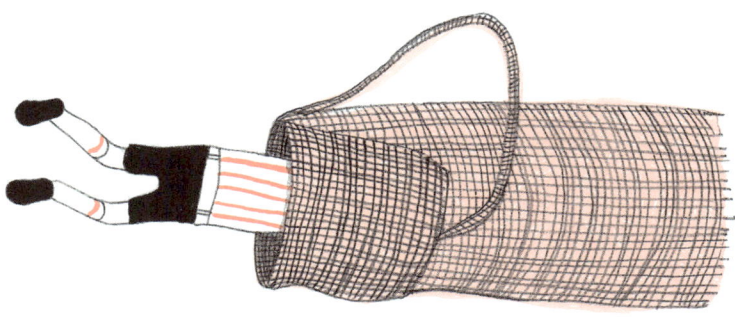

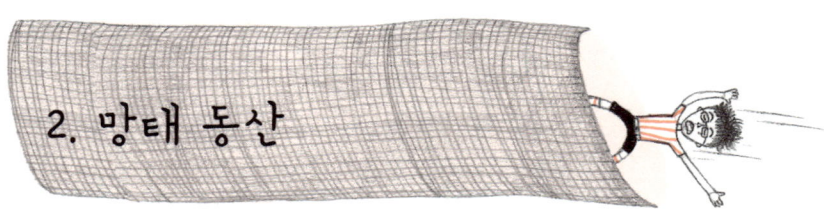

2. 망태 동산

슈우우웅!

마치 미끄럼틀을 탄 것처럼 아래로 아래로 미끄러지고 있다. 유괴범 망태 할아버지에게 걸려든 게 틀림없다. 난 이제 평생 구걸이나 소매치기를 하면서 살아야 될지도 모른다. 눈물이 나려고 한다.

풀썩!

여기가 어디지?

정신을 차려 보니 푹신푹신한 건초 더미 위였다. 마른 꽃잎과 낙엽이 쌓인 건초 더미에서는 향긋한 냄새가 난다.

한 번도 와 본 적이 없는 낯선 곳이다. 온 들판에 꽃이 피어 있고 가오리, 나비, 용 모양 연이 하늘을 날아다닌다. 우스꽝스러운 표정을 짓고 있는 커다란 도깨비 모양 풍선에 '망태 동산'이라는 글자가 새겨져 있다.

괴상한 집들도 보인다. 집들은 돼지, 호랑이, 청개구리, 코알라 같은 동물 모양이다. 하나같이 멍청한 표정이다. 머리 바로 위에는 움직이지 않는 해가 떠 있다. 세상에 이런 곳이 있다니!

쿵!

내 뒤로 무언가가 떨어지더니 건초 더미를 헤치고 조심스럽게 고개를 내밀었다. 괴물이었다.

"으아아악!"

괴물과 나는 서로 마주 보며 비명을 질렀다.

늘어 지게자
코알라
침실

　겁쟁이 괴물인가 보다. 머리를 다시 건초 더미에 파묻은
채 벌벌벌 떨고 있다.

　언뜻 봤지만, 참 멍청하게 생겼다. 손발은 도롱뇽처럼
짧고, 눈은 왕방울처럼 컸다.

　"넌 누구니?"

　내가 용기를 내서 물었다.

　"씹어 묵을라다 말아 놓고서 모른 척하기는……."

　겁쟁이 괴물이 펭귄처럼 짧은 다리로 건초 더미에서 뒤
뚱뒤뚱 걸어 나오며 구시렁거렸다.

　내가 먹으려다 말았다고? 그럼 저게 꿈틀이 엽기 젤리?

　그러고 보니 엄청 커지긴 했지만 꿈틀이랑 비슷하게는

생겼다. 별일이다. 세상에, 젤리가 괴물로 변하다니!

놀라서 입을 다물지 못하고 있는데 건초 더미 위로 무언가가 또 떨어졌다.

풀썩!

그 소리에 놀라 꿈틀이가 비명을 지르며 내 뒤로 숨었다. 덩칫값도 못 하는 겁보 녀석!

"에구구, 힘들다!"

건초 더미를 헤치고 나온 건 망태 할아버지였다.

"아니, 여긴 어떻게 왔누?"

망태 할아버지가 꿈틀이와 나를 발견하고는 놀라서 물었다.

"망태가 절 삼켰어요."

내가 대답했다. 이건 거짓말이다. 구워 먹다 남긴 아이 발가락을 찾으려고 망태 속으로 고개를 디밀었다고 사실대로 말할 수는 없으니까.

"저는 아무 잘못도 없걸랑요. 쟤 주머니 속에 얌전히 들어 있었을 뿐이걸랑요."

꿈틀이가 나를 가리키며 변명을 늘어놓았다.

"쯧쯧쯧, 망태 속을 들여다본 모양이구먼."

망태 할아버지가 혀를 차며 말했다.

어떻게 알았지?

"이왕 왔으니 실컷 놀다 가거라. 너두!"

망태 할아버지 말에 꿈틀이는 "감사합니다!" 하고 인사했다. 뭐가 감사하다는 건지……. 한심한 녀석 같으니!

"집에 보내 주세요."

내가 대들듯이 말했다.

망태 할아버지가 내 말을 듣더니 "끄응!" 앓는 소리를 냈다.

"나도 그러고 싶다만, 그럴 수가 없으니 이를 어쩐다! 망태 동산은 한번 들어오면 아홉 끼니가 지나야 나갈 수 있단다. 들고 나는 길이 망태 속 한 곳인데 한번 들거나 나면 아홉 끼니가 지나야만 망태가 길을 열어 주거든."

망태 할아버지의 말에 꿈틀이가 고개를 끄덕였다. 지가 뭘 안다고!

아홉 끼니라면 사흘인데, 그때까지 이곳에 있으란 말이야? 말도 안 돼.

보내 주겠다는 건 뻔한 거짓말이다. 날 잡아 두려는 거다. 소매치기나 구걸하는 법을 가르쳐서 이용해 먹겠다 이거지!

"안 돼요. 지금 가야 돼요. 학원에 빠지면 엄마한테 혼난단 말이에요."

“이거야 원……. 그러게 왜 망태 속을 들여다보았누?”

망태 할아버지가 낭패스러운 표정을 지었다.

“내가 들여다본 게 아니라 망태가 날 집어삼켰다고요.”

나는 박박 우겼다.

“쯧쯧쯧…….”

망태 할아버지가 고개를 잘래잘래 흔들었다.

“허허, 어쩔 수 없대두 그런다……. 그건 그렇고, 뭐 좀 먹을 테냐?”

“예에에에!”

망태 할아버지의 말이 떨어지기가 무섭게 꿈틀이가 큰 소리로 대답을 했다. 목소리가 어찌나 큰지 귀청이 떨어져

나가는 줄 알았다.

　"날 따라오려무나!"

　망태 할아버지가 앞장서고 꿈틀이가
그 뒤를 쭐레쭐레 따라갔다.

　의리 없는 꿈틀이 녀석! 난 어쩌라고 혼자
가 버린담!

3. 배터지게먹어 식당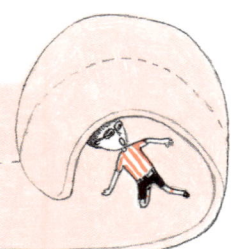

돼지 모양 집 앞이다. 멀리서 볼 때는 몰랐는데 가까이
와서 보니 엄청나게 크다.

돼지 이마에는 팻말이 걸려 있다.

배터지게먹어 식당

망태 할아버지는 '배터지게먹어 식당' 앞에 멈춰 서서

돼지의 턱을 간질였다. 그러자 돼지가 꿀꿀꿀꿀 소리를 내더니 망태 할아버지를 삼키기 시작했다. 그다음엔 꿈틀이를 삼켰다. 너무 놀라 달아날 생각도 못 한 채 멍하니 서 있는 나까지 집어삼켰다. 나는 너무 끔찍해서 눈을 질끈 감았다.

아이들이 떠드는 소리에 눈을 떴다. 스무 명쯤 되는 내 또래 아이들이 이리저리 뛰어다니고 있었다.

이게 무슨 식당이람? 놀이동산도 이보다는 조용하겠다!

망태 할아버지가 벽에 붙은 단추 하나를 눌렀다. 그러자 귀에 익은 노래가 스피커에서 흘러나왔다.

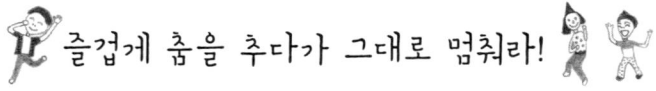

즐겁게 춤을 추다가 그대로 멈춰라!

이리저리 뛰어다니며 놀던 아이들이 노랫말처럼 그대로 딱 멈추었다.

"새로운 친구가 왔단다. 다들 인사하렴!"

망태 할아버지가 아이들에게 말했다.

그제야 아이들이 다시 움직였다. 아이들이 다가오기에

"안녕!"

하고 인사할 줄 알았는데,

"내 방귀 실컷 먹어라, 뿡야!"

라고 했다.

예절이라곤 손톱만큼도 없는 막돼먹은 아이들인가 보다. 처음 본 친구한테 방귀나 먹으라고 하다니! 엄청 기분 나쁘다.

그런데 꿈틀이 녀석 좀 봐. 뭐가 좋은지 벙글벙글 웃으며 아이들에게 손을 흔들고 있다.

"새 친구에게 멋진 별명을 지어 주자꾸나."

망태 할아버지가 내 어깨에 손을 얹으며 말했다. 그러자 아이들이 너도나도 나서서 별명을 말했다. 고름딱지, 티

눈, 발톱, 구정물, 똥, 오줌, 눈곱, 코딱지……. 온갖 더럽고
지저분한 별명이 다 나왔다.

"사마귀뒤꿈치 어때요?"

꿈틀이가 말했다.

"그거 근사하구나. 얘야, 마음에 드니?"

망태 할아버지가 나에게 물었을 때 나는 너무 화가 나서
아무 말도 할 수 없었다. 꿈틀이 녀석만 잡아먹을 듯 노려
보았다.

"마음에 드는 모양이구나. 그럼 네 별명은 사마귀뒤꿈치
로 하자."

망태 할아버지가 말했다.

내가 어딜 봐서 사마귀 뒤꿈치 같다는 거야? 너무해.

그 순간 나도 모르게 험상궂은 말이 튀어나왔다.

"멍청한 꿈틀이 녀석! 덩치는 큰데 뇌는 개미 발바닥에
난 티눈보다 작다니까!"

앗! 너무 화가 나서 나도 막돼먹은 아이들처럼 말하고 말았다.

망태 할아버지가 눈살을 찌푸렸다. 금방이라도 야단칠 것 같다. 야단맞기 전에 내가 먼저 꿈틀이에게 사과할까?

그런데 망태 할아버지는 꿈틀이에게 이렇게 물었다.

"개미발바닥에난티눈이라! 거 좋다! 어떠냐?"

꿈틀이 녀석, 좋아서 어쩔 줄 모른다.

"고마워!"

꿈틀이가 나에게 말했다.

멍청이! 나라면 그런 별명을 지어 준 녀석의 코를 때려 줄 텐데…….

망태 할아버지도 이상하다. 내가 못된 말을 했는데 야단도 치지 않다니! 엄마 아빠라면 호되게 야단쳤을 거다.

이것만 보아도 망태 할아버지는 유괴범이 틀림없다. 아이들에게 구걸이나 소매치기를 시키려고 못된 말을 가르

치는 거다.

"자, 이제 마음껏 먹으려무나."

망태 할아버지가 말했다.

마음껏 먹으라고? 뭘? 어디서? 어떻게? 음식도 보이지 않고, 식탁도 없고, 의자도 없고, 심지어 숟가락 젓가락도 없는걸! 있는 거라곤 미친 듯이 날뛰는 아이들밖에 없는데 뭘 먹어? 설마 저 아이들을 잡아먹으라는 건 아니겠지?

아이들이 무언가를 먹기는 한다. 얌전히 앉아서 먹는 게 아니라 이리저리 옮겨 다니면서 먹는다. 노는 건지 먹는 건지 모르겠다. 아이들 가운데 하나를 붙들고 물어봤더니, 먹는 방법도 어이없다.

땅콩 한 줌을 먹으려면 다람쥐 쳇바퀴에 들어가서 열 바퀴를 달려야 한다고 한다. 스파게티 한 가닥을 먹으려면 '무궁화 꽃이 피었습니다'를 해서 술래에게 들키지 않고 목표 지점까지 가야 하고, 수박 한 조각을 먹으려면 농구

공 열 개를 골대 속에 집어넣거나 야구공을 던져 풍선을 터트려야 한단다. 방울토마토를 먹고 싶으면 단추를 눌러 공중에서 떨어지는 방울토마토를 입으로 받아먹어야 하고, 천장에 매달려 있는 구름 모양 솜사탕을 먹으려면 풍선을 불어 공중으로 날아올라야 한다니, 참 나.

꿈틀이 녀석, 신났다. 막돼먹은 아이들과 어울려 돼지처럼 먹어 대느라 정신없다.

이것저것 먹어 대더니 이제는 천장에 매달려 있는 솜사탕이 먹고 싶은 모양이다. 볼이 미어지게 풍선을 분다. 풍선이 커지자 두둥실 공중으로 떠오른다. 바닥으로 떨어질까 봐 아슬아슬하다.

아래로 내려오려면 풍선 바람을 천천히 빼면 되는데. 멍청한 꿈틀이는 중간쯤 내려오다가 한꺼번에 풍선 바람을 빼 버렸다.

쿵!

아래로 떨어진 꿈틀이는 도로 공중으로 튀어 오른다. 바닥을 보니 텀블링을 할 수 있게 되어 있었다.

"끼야호! 에야호! 데야호!"

꿈틀이가 좋아서 비명을 질러 댄다.

그 틈에 한 아이가 꿈틀이에게 초콜릿 물총을 쏜다. 꿈틀이는 얼굴에 흘러내리는 초콜릿을 핥아 먹는다. 또 다른 아이가 꿈틀이의 등에 얼음 조각을 넣고 달아난다. 꿈틀이는 좋아서 어쩔 줄 모른다.

먹는 음식으로 장난을 치며 놀다니! 정말 막돼먹은 아이들이다. 내가 어른이라면 아이들을 따끔하게 야단쳤을 거다. 하지만 망태 할아버지는 그저 빙그레 웃을 뿐이다. 하긴, 구걸이나 소매치기를 할 아이들에게 예절이 무슨 소용이겠어. 아무것도 모른 채 마냥 즐거워하는 아이들이 불쌍하다.

깔깔대는 아이들 웃음소리가 멈추지 않는다.

엄마가 이 꼴을 봤다면 혼내 주었을 텐데⋯⋯. 밥 먹을 때는 돌아다니지 마라, 음식으로 장난치지 마라 천벌 받는다, 식사하면서 떠들지 마라, 음식 흘리지 마라⋯⋯. 엄마의 잔소리가 들리는 것 같다.

배가 많이 고프진 않지만 아이스크림은 먹어 보고 싶다. 하지만 깨끗한 식탁에 얌전히 앉아서 먹고 싶다. 이렇게 지저분하고 시끄러운 곳에서는 아무것도 먹고 싶지 않다. 식사 예절도 모르는 아이들이 한심하다.

어서 여기를 떠나고 싶다. 사흘을 어떻게 견딜지 걱정이다. 그런데 사흘이 지나면 망태 할아버지가 약속대로 진짜 보내 주기나 할까?

4. 맘껏놀아 학교

두 시간이나 되는 식사 시간이 끝나자 아이들은 돼지 배 속에서 나갔다. 들어올 때는 입으로 들어왔지만 나갈 때는 똥꼬로 나가야 했다. 꼬불꼬불 창자를 지나갈 때 따뜻한 물이 나와 아이들을 깨끗이 씻겨 주었다. 아이들은 새 옷으로 갈아입은 뒤에 미끄럼을 타고 돼지 식당의 똥꼬 모양 문을 통해 밖으로 나갔다.

뿌지직!

아이들이 나갈 때마다 똥꼬에서는 똥 싸는 소리가 났다. 구역질이 날 것 같다. 그런데 꿈틀이는 '뿌지직' 소리가 들릴 때마다 자지러지게 웃는다.

아이들은 식당에서 나와 호랑이 모양 집으로 달려갔다. 나는 한 발자국도 움직이기 싫었지만 꿈틀이가 손을 잡아 끄는 바람에 할 수 없이 따라갔다.

호랑이 이마에도 팻말이 걸려 있었다.

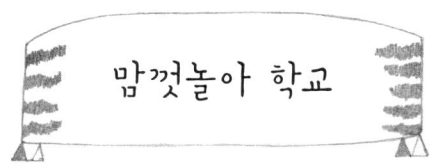

맘껏놀아 학교

여기가 망태 동산의 학교인가 보다. 소매치기나 구걸하는 법 따위를 가르치겠지?

호랑이는 기다란 혀를 늘어뜨린 채 엎드려 있었다. 호랑이는 호랑인데 무섭지 않고 우스꽝스럽다. 헤벌쭉 웃는 모습이 멍청해 보인다.

거꾸로 가는
에스컬레이터

호랑이 혀는 에스컬레이터였다. 이상한 건 에스컬레이터가 내려오고 있다는 거다. 올라가야 하는데 내려오면 어쩌자는 걸까. 계단이나 엘리베이터가 있나 살펴보았지만 보이지 않았다.

그때 한 아이가 내려오는 에스컬레이터를 거꾸로 달려 올라가기 시작했다.

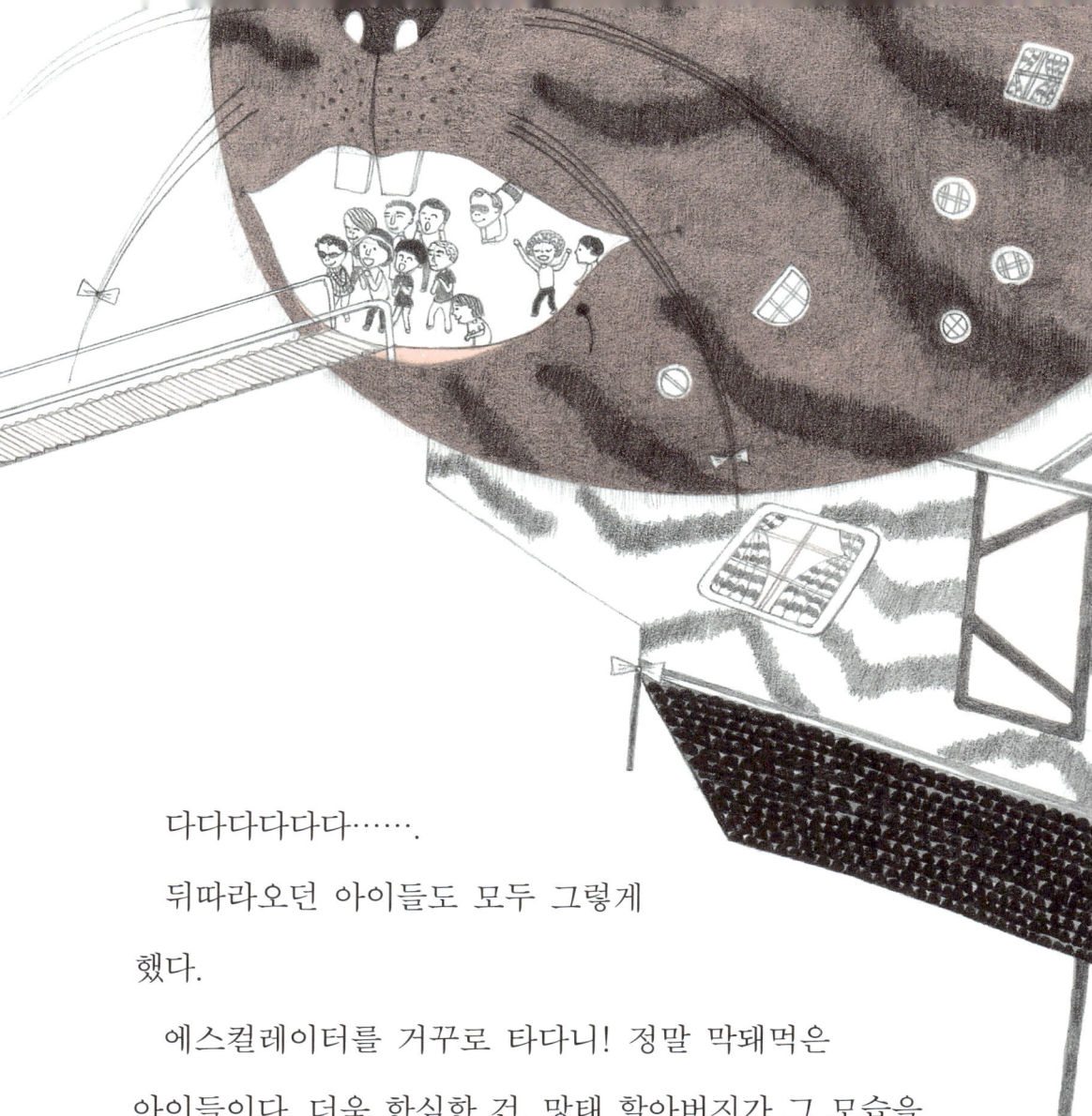

다다다다다다…….

뒤따라오던 아이들도 모두 그렇게

했다.

에스컬레이터를 거꾸로 타다니! 정말 막돼먹은

아이들이다. 더욱 한심한 건, 망태 할아버지가 그 모습을

보고도 야단을 치기는커녕 빙그레 웃기만 한다는 거다.

"재미나겠는걸!"

꿈틀이가 어서 해 보고 싶은지 몸을 비비 꼬며 말했다.

나는 엄마한테 수도 없이 들었던 잔소리를 꿈틀이에게 늘어놓았다.

"에스컬레이터를 거꾸로 타는 건 막돼먹은 아이들이나 하는 짓이야. 게다가 얼마나 위험한지 알아? 뒤로 넘어지기라도 해 봐."

꿈틀이 녀석은 내 말을 들은 척도 하지 않고, 백미터 달리기 선수처럼 준비 자세를 했다.

"자, 간다!"

꿈틀이는 뒤뚱뒤뚱 커다란 몸으로 눈 깜짝할 사이에 에스컬레이터를 거꾸로 타고 올라갔다.

"와, 에스컬레이터 거꾸로 타기 신기록이야."

"올림픽에 나가면 일등하겠다."

아이들이 꿈틀이에게 칭찬을 늘어놓았다. 꿈틀이는 마

냥 좋아서 싱글벙글이다.

"너도 언능 올라와. 기가 막히게 재미나네."

꿈틀이가 재촉했다. 하지만 난 에스컬레이터를 거꾸로 타는 짓 따윈 하고 싶지 않았다.

왜 이런 짓을 아이들에게 시키는지 알 것 같다. 백화점이나 지하철에서 소매치기를 하다가 달아나야 할 때를 대비해서 훈련을 시키는 거다. 망태 할아버지는 정말 못된 늙은이다!

꿈틀이가 도로 내려와 나를 억지로 등에 태우고 올라가지 않았다면 발바닥에 뿌리가 내릴 때까지 그 앞에 서 있었을 거다.

교실은 내 생각대로 엉망진창, 뒤죽박죽, 난리법석이었다. 아이들은 그네에 거꾸로 매달려 있거나 종이 상자 속에 들어가 작은 구멍으로 밖을 내다보고 있었다. 잠수할 때 쓰는 안경 같은 걸 쓰고 있는 아이도 있었다. 책이라고

는 눈을 씻고 찾아봐도 없다. 칠판도 없고 책상도 없다. 이게 무슨 학교람!

게다가 선생님은 허수아비다. 저렇게 멍청하게 생긴 선생님은 처음 본다. 너덜너덜한 누더기를 걸치고 실없이 웃는 얼굴이라니!

허수아비 선생님이 출석부를 꺼내 이름 대신 별명을 불렀다. 때낀발톱갈아만든이쑤시개, 킹콩발바닥에밟힌코끼리똥, 하마코딱지수프, 오랑우탄콧구멍에박힌마늘…….

꿈틀이는 웃음을 참느라 킥킥거렸지만 나는 조금도 우습지 않았다. 화가 날 뿐이다. 아이들이 별명을 부르더라도 선생님이 말려야 하는데 선생님이 별명을 부르다니! 엉터리 선생님이다.

"자, 그럼 수업을 시작하겠어요."

허수아비 선생님이 갑자기 숫자 10을 외쳤다. 그러자 아이들은 그 숫자대로 서로를 부둥켜안았다.

꿈틀이가 나를 부둥켜안았지만 나는 있는 힘껏 녀석을 밀쳤다. 그러자 아이들이 꿈틀이에게로 우르르 모여들었다. 나에겐 아무도 다가오지 않았다.

꿈틀이는 아이들과 꼭 껴안은 채 행복한 표정을 지었다. 나는 외따로 떨어져 유치하게 노는 아이들을 째려보았다.

유치원 때 많이 해 본 놀이다. 하지만 난 초등학교 2학년이다. 저렇게 유치한 놀이를 할 나이가 아니다. 게다가 꿈틀이는 열네 명이나 껴안고 있으니까 탈락한 건데, 허수아비 선생님은 탈락시키지 않았다. 엉터리다.

유치한 숫자 놀이 다음에는 윷놀이를 했다. 이렇게 이상한 윷놀이는 처음 본다. 아이들은 열 명씩 무리를 지어 두 편으로 나누어 섰다. 열 명 중에 네 명이 윷가락이 되어 제자리에서 열 바퀴를 돌고 나서 땅바닥에 쓰러졌다. 각자 땅을 보고 엎어지거나 하늘을 보고 드러누우면 도개걸윷모 중 하나가 되는가 보다. 윷가락이 된 아이들이 제멋대로 누웠다 엎어졌다 하니까 윷놀이도 엉망이다. 그런데도 아이들은 진지하게 윷가락을 확인하고 의논을 해서 말이 된 아이에게 말판 위를 움직이게 했다.

나한테도 같이 하자고 했지만 난 안 했다. 어떻게 하면 탈출할까 궁리하기도 바쁜데 한가하게 윷놀이가 다 뭐람.

꿈틀이 녀석은 말이 되어 신나게 말판 위를 내달렸다.

마침 망태 할아버지가 교실을 지나가면서 씨익, 웃었다. 아이들을 불에 구워 먹으면 얼마나 맛있을까 생각하는 표정이다. 그것도 모르고 신나게 놀고 있는 아이들이 진짜 불쌍하다.

"오늘 수업은 여기서 끄으읕!"

허수아비 선생님이 말했다.

곧이어 쉬는 시간을 알리는 노래가 울려 퍼졌다.

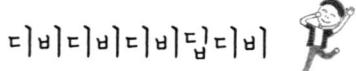

디비디비디비딥디비

미친 개구리가 코브라에게 인사를 했다네.

어이, 내 방귀 실컷 먹어라, 뿡야!

화가 난 코브라가 개구리를 꿀꺽 삼켰다네.

어이, 내 방귀 실컷 먹어라, 뿡야!

미친 개구리가 코브라 배 속에서 방귀를 뀌었다네.

어이, 내 방귀 실컷 먹어라, 뿡야!

미친 개구리의 방귀가 너무 지독해 토하고 말았다네.

디비디비디비딥디비

정말 한심한 노래다. 아빠가 이 노래를 들었다면 스피커를 불 속에 던져 버렸을 거다. 아이들은 동요나 클래식을 들어야 한다는 게 아빠의 생각이다. 내 생각도 그렇다.

아이들은 한심한 노래에 맞춰 풍선을 팡팡 터트리거나 냄비를 투당탕 두드리거나 종이를 북북 찢고 있다. 두 팔을 벌리고 마구 뛰어다니거나 공중제비를 돌기도 한다.

"어이, 내 방귀 실컷 먹어라, 뿡야!"

이 구절이 나올 때는 모두 함께 따라 불렀다. 방귀도 뿡뿡 뀌면서.

가장 신난 건 꿈틀이다. 방귀 소리도 제일 크다. 그 소리에 깜짝깜짝 놀라면서도 아이들은 좋아서 어쩔 줄 모른다.

꿈틀이의 인기가 하늘을 찌른다. 우리 학교에서라면 왕따를 당할 텐데……. 덕배처럼. 얄미운 꿈틀이 녀석! 진작 먹어 버리지 않은 게 후회된다.

나는 꿈틀이에게 소리를 빽 질렀다.

"바보! 멍청이!"

꿈틀이뿐만 아니라 다른 아이들도 모두 그 자리에 얼어
붙었다.

"너희들 모두 바보야!"

아이들에게 소리를 질렀다.

"망태 할아버지가 너희들을 왜 유괴해 온 줄 알아? 소매
치기나 구걸을 시키려는 거라고. 너희들을 이용해서 돈을
벌려는 거야!"

아이들은 아무도 내 말을 믿지 않는 표정이다.

"난 지금 탈출할 거야. 같이 갈 사람?"

"……."

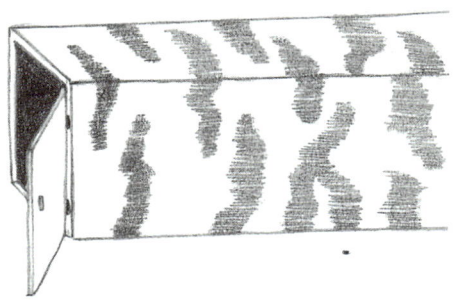

잠시 기다렸지만 아무도 움직이지 않았다. 아이들은 멍한 표정으로 날 바라만 보았다.

나는 꿈틀이를 바라보았다. 나랑 눈길이 마주치자 녀석은 뒤로 한 걸음 물러났다.

개미 발바닥에 난 티눈보다 못한 꿈틀이 녀석! 평생 구걸이나 하든지 말든지 마음대로 하라지!

"싫으면 관둬. 나 혼자 갈 테니까!"

나는 아이들에게 쏘아 주고 밖으로 뛰쳐나갔다.

5. 반항하면뼈도못추려 학교

밖으로 나오자마자 용 모양의 연이 묶여 있는 기둥으로 달려가 연줄을 잡아당겼다. 연이 바닥에 내려왔을 때, 용의 목 위로 올라탔다. 이내 바람이 불어와, 용 연은 하늘로 두둥실 날아올랐다.

"언능 내려와! 위험해!"

밖으로 나온 꿈틀이가 외쳤지만 나는 아랑곳하지 않았다.

충분히 높이 올라왔다 싶을 때, 연줄을 끊었다. 꿈틀이가 작아지고 작아지고 작아지더니 개미 발바닥에 난 티눈만큼 작아졌다.

뒤늦게 망태 할아버지도 밖으로 나와 나를 올려다보면서 뭐라고 뭐라고 소리를 질렀다. 하지만 너무 멀어서 무슨 소리인지 알아들을 수 없었다. 보나마나 저주를 퍼붓고 있겠지. 다 잡은 고기를 놓쳤으니까.

망태 동산은 이제 까마득히 멀리 보인다. 어디로 날아가는지 알 수 없었지만 망태 할아버지에게서 달아났다는 것만으로도 다행이다. 하마터면 평생 구걸이나 소매치기를 하면서 살 뻔했다.

얼마나 날았을까?

콰르르르 콰앙!

갑자기 시커먼 구름이 몰려오더니 번개와 천둥이 치기 시작했다. 굵은 빗방울이 얼굴을 마구 때렸다. 연이 서서히 땅으로 떨어지기 시작했다.

내려가면 안 돼! 힘을 내! 하늘로 날아오르란 말이야!

하지만 비에 젖은 연은 아래로 아래로 떨어지고 있었다.

풍덩!

다행히 웅덩이에 빠졌다.

웅덩이에서 나와 한숨을 쉬고 있는데, 어딘가에서 달음박질 소리가 들려왔다. 스무 명쯤 되는 내 또래 아이들이 이쪽으로 달려오고 있었다.

저 아이들은 누구지? 왜 달리고 있는 걸까? 뒤에서 괴물이라도 쫓아오나?

"크르르릉! 컹! 컹! 뛰엇! 뛰엇! 뛰엇!"

　세상에! 정말 괴물이 아이들을 뒤쫓아 오고 있었다. 하이에나 같기도 하고 쥐 같기도 했다. 뱀 꼬리에 늑대 이빨을 가졌다. 송곳니 좀 봐. 악어 가죽도 뚫겠다. 사나운 사냥개처럼 짖는 것 같았는데 자세히 들어 보니 사람처럼 말을 했다. 나는 아이들을 따라 죽을힘을 다해 달렸다. 가만히 서 있다가 그냥 죽을 수는 없으니까.

　앞서 달리던 아이들이 하나 둘 멈춰 서기 시작했다.

　"번호!"

　괴물이 명령을 했다. 그러자 아이들은 도착한 순서대로

목청이 터져라 번호를 외쳤다.

"그만!"

괴물이 소리를 질렀다.

"일등으로 도착한 생쥐를 빼고 나머지 생쥐들은 다시 뛴다. 이등은 소용없다. 일등에게만 휴식을 준다. 뛰엇!"

괴물의 말이 떨어지기 무섭게 아이들은 다시 달리기 시작했다.

달리고 싶지 않았지만 괴물이 쫓아와서 나도 어쩔 수 없이 달렸다. 괴물이 내 꽁무니를 바짝 뒤따라왔다.

도대체 여기가 어디람! 아이들은 왜 뛰고 있는 거지?

달리기를 열 번쯤 하고 나자 숨이 차서 한 걸음도 내디딜 수 없었다. 일등을 한 아이들은 무언가를 먹으면서 쉬고 있었다. 부러웠다.

나도 일등을 하고 싶었다. 배도 고프고 숨이 차서 죽을 것만 같았다.

어느새 비가 그치고 하늘에 초승달이 떴다. 어두워서 주변을 잘 볼 수 없었지만 괴물 모양 집들이 여러 채 보인다. 망태 동산에서는 집들이 우스꽝스러운 동물 모양이었는데 여기서는 무시무시한 괴물 같다.

괴물 모양 집의 이마에 걸려 있는 팻말이 보였다.

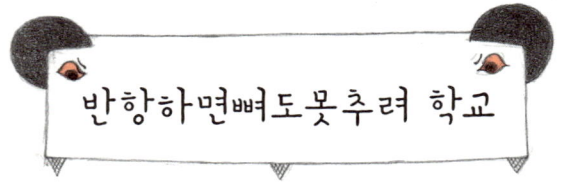

"교실로 집합!"

괴물의 명령이 떨어지기 무섭게 아이들은 반항하면뼈도 못추려 학교 앞으로 달려갔다.

학교 입구에 도착하자 괴물이 아이들을 하나씩 집어삼켰다.

괴물 배 속은 교실이었다. 아이들은 딱딱한 의자에 로봇처럼 바른 자세로 앉아 있다. 눈알 굴러가는 소리도 내서

는 안 된다. 교실 벽과 칠판에는 붉은 글씨로 쓴 종이가 다
닥다닥 붙어 있었다.

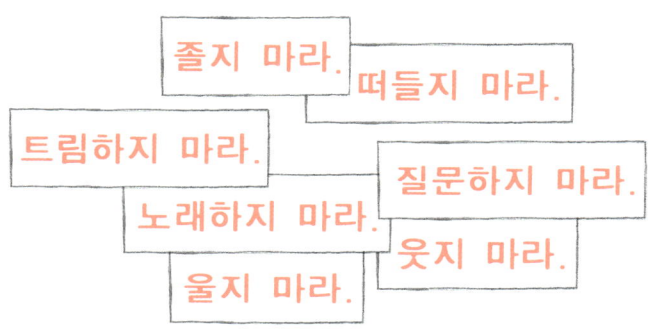

괴물 선생님이 아이들을 노려보더니 출석을 불렀다.

"생쥐 1."

"넵!"

"생쥐 2."

"넵!"

"생쥐 3."

"넵!"

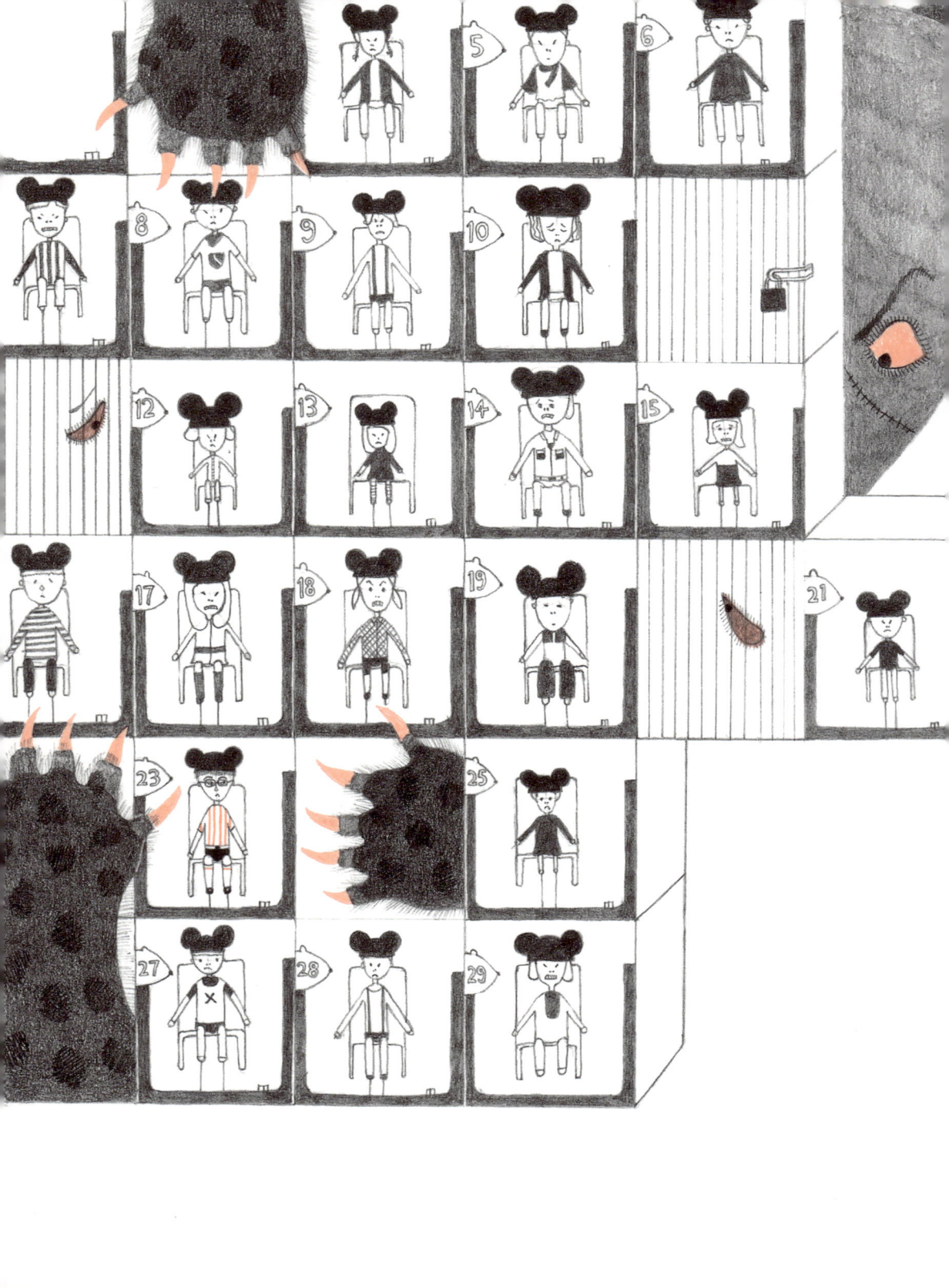

아이들 이름 대신 생쥐 뒤에 번호를 붙여서 불렀다.

"신입생! 넌 생쥐 23번이다. 알았나?"

괴물 선생님이 나를 가리키며 말했다.

"네?"

나는 작은 소리로 대답했다.

"소리가 작다!"

괴물 선생님이 소리를 빽 질렀다.

"넵!"

그때였다.

뽀옹!

방귀가 나왔다. 대답하면서 배에 너무 힘을 줬나 보다.

"풉!"

누군가 웃음을 터트렸다.

"누구야?"

괴물 선생님이 고함을 질렀다. 소리가 어찌나 큰지 벽에 걸린 거울이 쩍 소리를 내며 깨져 버렸다.

모른 척하고 있는데, 옆에 앉은 아이가 벌떡 일어나더니 나를 가리켰다.

"23번 생쥐가 뀌었어요."

그 아이는 또 다른 아이를 가리켰다.

"12번 생쥐가 웃었고요."

12번 아이가 무릎을 꿇고 울면서 애원했다.

"살려 주세요! 다신 웃지 않을게요."

하지만 소용없었다. 괴물은 그 아이에게 다가가더니 발목을 잡아 들었다. 아이는 괴물의 손에 발목이 잡힌 채 대롱대롱 흔들렸다. 괴물은 다시 나에게로 걸어오더니 발목을 잡아챘다.

모든 게 거꾸로 보였다.

6. 우물 감옥

우물처럼 생긴 감옥에 갇혔다.

동그란 하늘에 초승달이 떠 있다. 시간이 흘러도 초승달은 움직이지 않는다.

우물 감옥에는 나 말고, 내가 방귀를 뀔 때 웃은 아이와 식사를 하다가 밥알 하나 흘린 아이, 수업 시간에 하품을 한 아이, 화장실에서 노래를 부른 아이, 이렇게 네 명이 더 있다.

배가 고프다. 망태 동산에 온 뒤로 지금까지 아무것도 먹지 못했다. 식사 때가 되면 위에서 음식을 던져 준다. 감옥에 갇힌 아이들은 서로 먹으려고 싸운다. 먼저 집는 아이가 임자다. 다섯 번쯤 음식이 들어왔지만 나는 아직 한 번도 먹지 못했다.

나도 이제 더는 뒤로 물러나 있지만은 않을 테다. 꼭 먹고 말 거다, 꼭. 주먹을 쥐고 다짐했다.

주먹! 주먹이 빵이라면 얼마나 좋을까? 누가 빵과 주먹을 바꾸자고 하면 당장이라도 그렇게 할 텐데…….

그때, 두레박이 내려왔다. 두레박을 타야 한다. 두레박을 타지 못하면 영원히 감옥에 남아 있어야 할지도 모른다.

두레박이 내려오자마자 내가 먼저 탔다.
하지만 밥알을 흘렸던 아이가 나를 끄집어
내고 자기가 올라탔다. 내가 방귀 뀔 때 웃었
던 아이도 두레박에 탔다. 수업 시간에 하품
을 한 아이는 두레박에 매달렸고, 화장실에
서 노래를 불렀던 아이는 하품을 한 아이의
다리를 붙잡고 늘어졌다. 나도 화장실에서
노래를 불렀던 아이의 다리를 잡으려고 했
지만 그 아이의 발길질에 턱을 맞고 나가떨
어졌다. 두레박은 어느새 내가 잡을 수 없는
높이까지 올라가 있었다.

감옥에는 이제 나 혼자 남았다. 구석에 쭈
그리고 앉아 무릎을 껴안았다. 눈물이 나왔
다. 울다가 잠이 들었다.

삐걱거리는 소리가 들려 고개를 들어 보니 두레박이 내려오고 있었다. 두레박을 타고 감옥 밖으로 나갔다. 두레박에서 내리자 저 앞에 괴물이 서 있었다.

자세히 보니 괴물이 아니라 엄마였다.

"엄마?"

엄마가 고개를 돌렸다.

그때 등 뒤에서 망태 할아버지의 목소리가 들려왔다.

"애야! 이리 온!"

"못된 늙은이! 우리 착한 생쥐를 막돼먹은 돼지로 만들려고? 애야, 이리 오너라!"

엄마는 어느새 괴물로 변해 나를 불렀다.

괴물의 손에는 새장 하나가 들려 있었다. 그 속에는 작은 생쥐 아이들이 꼼짝 않고 앉아 있었다.

"착하지! 자, 어서!"

괴물이 징그럽게 웃으며 내 쪽으로 다가왔다. 괴물 얼굴과 엄마 모습이 겹쳤다.

망태 할아버지 쪽을 돌아보았다. 안타까운 표정으로 이쪽을 바라볼 뿐이었다.

누군가 내 손을 잡았다. 엄마였다.

"못된 늙은이! 썩 물러가지 못해!"

엄마가 망태 할아버지를 꾸짖었다. 그러고는 나에게 상냥하게 말했다.

"얘야! 저 못된 늙은이에게 욕이나 퍼부어 주렴."

"욕하는 건 나빠요."

내가 말했다.

"괜찮다. 이번만은 용서하마."

엄마가 말했다.

그래서 나는 망태 할아버지에게 욕을 퍼부었다.

"사기꾼! 유괴범! 식인종! 못된 늙은이! 똥개!"

엄마가 흐뭇한 표정으로 나를 바라보았다.

망태 할아버지는 쓸쓸히 돌아서서 저쪽으로 걸어갔다.
내가 너무 심했나? 망태 할아버지를 다시 부를까 말까 하
는데 누군가 내 목덜미를 잡았다. 괴물이었다.

"들어가거라!"

괴물이 작은 새장 속으로 나를 밀어 넣었다.

"들어가기 싫은데……."

"우리 아들 착하지! 어서 들어가렴!"

엄마 목소리가 들렸다.

"엄마! 저긴 너무 좁고 답답해요. 들어가기 싫어요."

나는 애원했다.

"쟤들 좀 봐라. 얼마나 얌전하니! 어서 들어가! 그래야
착한 아이지."

엄마가 타일렀다.

"엄마, 제발!"

엄마에게 간절하게 부탁했다.

"당장 들어가지 못해!"

엄마가 빽 소리를 질렀다.

갑자기 괴물로 변한 엄마가 내 목덜미를 잡더니 새장 속으로 욱여넣었다.

아무리 소리를 지르고, 지르고, 또 질러도 목소리가 나오지 않았다.

비명을 지르다가 잠에서 깨어났다. 꿈이었다.

엄마가 괴물로 변하는 모습이 너무나 생생했다.

하늘을 올려다보았다. 동그란 하늘!

목청껏 소리를 지르고 싶었다. 꿈에서처럼 목소리가 나오지 않으면 어쩌지?

다시 있는 힘껏 소리를 질렀다.

"싫어어어어어어!"

목소리가 나왔다.

가슴이 뻥 뚫리는 것 같았다.

"싫어! 엄마 잔소리는 이제 듣기 싫어!"

왜 그런 말이 튀어나왔는지 모르겠다. 하지만 그 말을 내뱉고 나자, 오랫동안 목구멍에 걸려 있던 가시를 뱉어 낸 것처럼 후련했다.

어디를 가나 예의 바르고 착한 아이가 되라는 엄마의 잔소리가 들린다. 귀를 막아도 들린다.

잔소리에서 벗어나 내 마음대로 하고 싶다. 한 달만! 아니 일주일만! 아니 사흘만! 딱 사흘만!

에스컬레이터를 거꾸로 타고, 음식으로 장난을 치면서 밥을 먹고, 친구들에게 지저분한 별명을 지어 주고, 미친 개구리 같은 노래를 마음껏 따라 부르고, "내 방귀 실컷 먹어라, 뿡야!" 하고 예의 없는 인사를 날려 주고 싶다. 망태 동산의 막돼먹은 아이들처럼!

그러나 지금은 감옥에 갇혀 있다. 평생 여기서 살다가 늙어 죽을지도 모른다.

눈물이 흘러내렸다.

그때였다. 어디선가 돼지 멱따는 소리가 들려왔다.

"치이이인구우야아아!"

저 소리는…… 꿈틀이?

"어어디이 이있니이?"

꿈틀이가 틀림없었다.

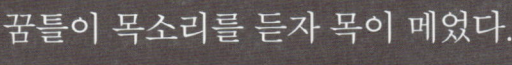

꿈틀이 목소리를 듣자 목이 메었다.

"웬 놈이냐?"

괴물의 목소리가 쩌렁쩌렁 울렸다.

"여기 있다는 거 다 알걸랑요. 내 친구 내
놔요, 언능!"

꿈틀이가 대들었다.

"감히 나에게 대들어? 크아아앙!"

괴물의 끔찍한 목소리에 이어, 꿈틀이의
비명 소리가 들려왔다.

조금 뒤 두레박이 내려왔다. 두레박 밑이 열
리며 끈에 꽁꽁 묶인 꿈틀이가 툭 떨어졌다.

나는 얼른 끈을 풀어 주었다.

꿈틀이는 나를 껴안고 엉엉 울어 댔다. 힘
이 어찌나 센지 숨이 막혀 죽을 것만 같았다.

"이러고 있을 때가 아니야. 언능 도망가

78

자. 이것만 있으면 망태 동산으로 돌아갈 수
있어."

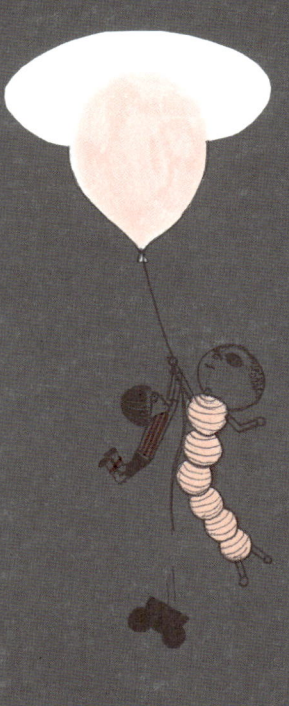

꿈틀이는 품에서 풍선 하나를 꺼내 불기
시작했다.

풍선이 커지자 두둥실 공중으로 떠올랐
다. 꿈틀이는 한 손으로는 풍선을, 다른 한
손으로는 내 손을 잡았다.

풍선을 타고 우물 감옥을 나와 땅 위로 올
라왔다. 땅 위로 올라온 것만으로도 기뻤다.

하지만 기쁨도 잠깐이었다.

펑!

감옥 밖에서 기다리고 있던 괴물이 칼로
풍선을 찔러 버렸다.

꿈틀이와 나는 땅바닥에 나뒹굴었다.

"어딜 도망가려고! 어림없다, 이놈들!"

괴물이 꿈틀이와 나에게 칼을 겨누며 윽박질렀다.

"탈출을 하다 잡혔으니 네놈들 다리 하나를 먹어 주마.
왼쪽 다리를 줄 테냐, 오른쪽 다리를 줄 테냐?"

"다리는 무슨 다리? 발가락 하나도 주기 싫걸랑요."

겁쟁이 꿈틀이가 웬일이지? 무서운 괴물에게 겁도 없이
대들잖아.

꿈틀이는 괴물 몰래 나에게 풍선 하나를 건넸다.

"그렇담 네놈은 통째로 먹어 주마."

괴물이 꿈틀이에게 칼을 겨누었다.

"나 잡아먹기 전에 내 방귀나 실컷 먹어라,
뿌우웅야!"

꿈틀이가 괴물을 향해 방귀를 먹였다.
소리도 크고 냄새도 지독했다.

방귀 냄새를 맡은 괴물이 코를 감싸 쥐고 물러났다.

나는 그사이에 풍선을 불었다. 며칠 동안 아무것도 먹지
않았기 때문인지 풍선을 불기도 힘겨웠다.

풍선이 부풀어 오르자 조금씩 공중으로 떠올랐다.

"언능 가. 나도 곧 뒤따라갈게."

꿈틀이가 괴물을 저쪽으로 따돌리며 나에게 소리쳤다.

나는 풍선을 더 크게 불어 공중으로 높이 날아올랐다.

피융!

어딘가에서 화살 하나가 날아와 풍선을 스치고 지나갔다. 괴물이 나에게 화살을 쏘아 대고 있었다.

꿈틀이가 화살을 쏘는 괴물을 방해했다. 화가 난 괴물이 꿈틀이를 뒤쫓기 시작했다. 꿈틀이는 방귀를 뿡뿡 뀌면서 괴물을 아슬아슬하게 피했다.

꿈틀이를 구해 주러 가야 되나? 날 구해 주려고 위험을 무릅쓰고 여기까지 왔는데……. 하지만 지금 나는 너무 지쳤어. 싸울 힘은커녕 풍선에 매달려 있을 힘도 없다고!

눈이 자꾸 감긴다. 풍선을 놓치면 바닥으로 떨어져 죽을지도 모르는데, 점점 힘이 빠진다.

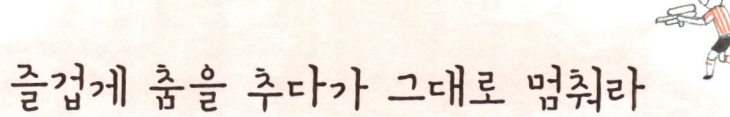

7. 즐겁게 춤을 추다가 그대로 멈춰라

눈을 떠 보니 뽀송뽀송한 침대 위였다.

벽에 걸린 팻말이 보였다.

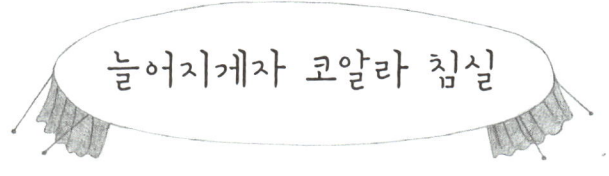

늘어지게자 코알라 침실

꿈틀이가 죽 그릇을 들고 나타나 나에게 눈을 흘겼다.

"잘난 척하더니 꼴좋네!"

"여기가 어디야?"

내가 물었다.

"어디긴 어디야. 네가 싫다고 달아났던 망태 동산이지. 왜? 또 달아나지?"

꿈틀이가 퉁명스럽게 대답했다.

구해 줘서 고맙다고 말하려고 했는데 웬 시비람! 내가 뭘 어쨌다고!

"할배가 끙끙 앓는 너를 곁에서 보살펴 준 거, 알기나 해? 옆에서 꼼짝도 하지 않고 약초를 달여 먹이고 뜸을 뜨고 침을 놓아서 널 살렸다고. 그런 할배한테 아이들을 유괴해서 구워 먹는 늙은이, 유괴범, 사기꾼, 똥개라고 고래고래 고함을 질러 대다니! 아무리 잠꼬대라고……."

내가 잠꼬대를?

"풍선을 놓치고 땅으로 떨어질 때 망태 할배가 잡아 주지 않았으면 넌 죽었어. 고맙다고 절을 하지는 못할망정 유괴범이 어쩌고저쩌고…….”

꿈틀이가 나를 흘겨보며 말했다.

내가 잠꼬대를 하고 싶어서 했나, 뭐.

“여기 온 지 얼마나 지났어?”

나는 괜히 딴 애길 꺼냈다.

“여덟 끼니가 지났느니라.”

언제 왔는지 망태 할아버지가 대답했다.

잠꼬대로 욕을 했다고 화를 내면 어쩌나 걱정이 되었지만 다행히 망태 할아버지 표정은 아무렇지도 않았다. 벌써 잊어버렸나 보다. 노인은 기억력이 나쁘니까.

“밥 때가 된 것 같구나. 어여 가서 밥들 먹어라.”

망태 할아버지가 말했다.

“그러고 보니 배가 고프네요. 넌 죽이나 한 사발 더 갖다 줄까?”

꿈틀이가 말했다.

배고파 죽겠는데 죽이나 먹으라고? 날 굶겨 죽일 작정이니? 난 지금 밥이 먹고 싶다고!

"입맛이 없어 보이는구먼. 잠이나 더 자든가!"

꿈틀이는 그렇게 말하고는 뒤도 돌아보지 않고 가 버렸다. 입맛이 없어 보인다고? 돌이라도 우적우적 깨물어 먹을 것 같다, 이 의리 없는 돼지야!

아, 배고파!

"개미발바닥에난티눈이 죽 그릇을 두고 갔구나. 식당에 갖다 놓으렴."

망태 할아버지가 나에게 말했다.

아픈 아이한테 심부름을 시키다니. 망태 할아버지, 진짜 못됐다. 하지만 식당으로 갈 핑곗거리가 생긴 건 다행이다. 죽 그릇을 들고 침실에서 나와 식당으로 갔다.

꿈틀이가 돼지 식당이랑 실랑이를 벌이고 있었다.

"언능 삼켜, 언능!"

꿈틀이는 빨리 배 속으로 삼켜 달라고 보채고, 돼지 식당은 어찌된 일인지 두 눈을 감은 채 고개를 잘래잘래 흔들었다. 내가 다가가자 먼저 도착했던 꿈틀이를 제쳐 두고 나부터 삼켰다.

식당 안으로 들어가자 먼저 도착한 아이들이 밥을 먹고 있었다. 이리 뛰고 저리 뛰어다니는 게, 난장판이었다.

"별놈의 돼지를 다 보겠네. 내가 먼저 도착했구먼……."

꿈틀이가 식당 안으로 들어서며 투덜거렸다. 그러더니

"얘들아, 나 왔다아!"

하며 아이들을 향해 외쳤다.

"내 인기가 얼마나 좋은지 잘 봐. 다들 나한테 음식을 던져 줄 거다. 여기선 좋아하거나 친해지고 싶을 때, 등에다 얼음 조각을 넣거나 초콜릿 물총을 쏘거나 음식을 던지거덩. 혹시 아이들이 잘못 던져서 너한테 날아가더라도 이해해."

꿈틀이가 으스댔다.

과연 아이들이 손에 케이크, 빵, 토마토 같은 걸 들고 우리 쪽으로 다가왔다. 음식이 옷에 튈 것 같아 나는 얼른 죽 그릇을 들고 옆으로 비켜섰다. 꿈틀이는 날아오는 음식을 맞을 준비를 하고 앞발로 두 눈을 가렸다.

픽!

부드럽고 달콤한 생크림 케이크가 날아와 얼굴을 맞혔다. 꿈틀이가 아니라 내 얼굴을!

혀끝으로 케이크를 맛보았다. 그렇게 맛있는 케이크는 태어나서 처음이었다. 혀를 휘돌려 입 주위에 묻은 생크림과 빵을 핥아먹었다.

으깬 감자 덩어리가 가슴으로 날아오고, 스파게티가 머리 위로 쏟아지고, 초콜릿 물총이

날아왔다. 그리고 누군가 내 등에 얼음 조각을 넣고 달아
났다.

두 눈을 가리고 있던 꿈틀이가 머쓱한 표정으로 머리를
긁적였다.

나는 인상을 찌푸렸다. 피식피식 자꾸 웃음이 나오려고
했으니까.

"화내지 말어. 이게 다 너랑 친해지고 싶어서 그러는 거
니깐두루."

꿈틀이가 내 눈치를 살피며 말했다.

나도 알고 있거든!

나는 자리에서 벌떡 일어나 음식이 쌓인 곳으로 걸어갔
다. 초콜릿 물총을 들어 아이들을 향해 물총을 쏘았다. 아
이들이 꺄악꺄악 비명을 질러

대더니 나에게 초콜릿

총을 쏘아 댔다. 금

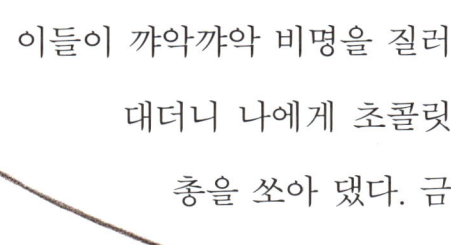

세 온몸이 초콜릿으로 범벅이 되었다. 이렇게 신나고 즐거운 식사는 처음이었다.

두 시간이 금세 지나가 버렸다. 그때 익숙한 노래가 울려 퍼졌다.

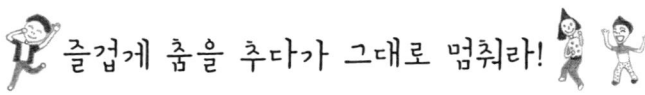 즐겁게 춤을 추다가 그대로 멈춰라!

돌아보니 망태 할아버지가 식당 입구에 서 있었다.

8. 내 방귀 실컷 먹어라, 뿡야!

"너희가 온 지 아홉 끼니가 지났구나. 망태도 준비가 되었으니 돌아가도 된단다."

망태 할아버지가 말했다.

"지금…… 바로…… 가야…… 하는 거여요?"

꿈틀이가 울상이 되어 물었다.

"다음 끼니가 오기 전까지는 돌아가야지."

망태 할아버지가 대답했다.

"만약에…… 지금 돌아가지 않으면 어떻게 되나요?"

"영영 돌아가지 못할 수도 있단다."

다른 아이들은 사흘이 지났어도 돌아가지 않는데 왜 우리만 돌아가야 한담! 순 엉터리잖아!

"제 발로 나를 따라 여기에 온 아이들은 자기가 돌아가고 싶을 때 돌아갈 수 있단다. 허나 너희 둘은 망태를 훔쳐보다가 들어오지 않았니. 그럴 때는 여기서 딱 사흘밖에 머물 수 없단다."

내 마음을 들여다보기라도 한 것처럼 망태 할아버지가 설명해 주었다.

말도 안 돼! 그런 법이 어디 있어. 불공평해. 난 딱 한 끼밖에 못 먹었다고!

불공평하다고 망태 할아버지에게 따지고 싶었다. 그렇지만 여기가 싫다고 탈출까지 해 놓고 이제 와서 더 있게 해 달라고 부탁하자니 자존심이 상했다. 할아버지가 잡으

면 못 이기는 척 망태 동산에서 며칠 더 있어 줄 생각이었
는데…….

꿈틀이는 골똘히 생각하고 있었다. 어떻게 하면 여기에
남을까 궁리하는 모양이다. 꿈틀이 녀석에게 여기는 천국
이니까.

나도 더 남아 마음껏 놀고 싶다. 하지만 나를 기다리다
싸우고 있을 엄마 아빠가 걱정이다.

언젠가 장난감을 찾으러 침대 밑에 들어갔을 때였다. 엄
마 아빠는 내가 침대 밑에 있는 줄도 모르고 싸웠다.

"수 때문에 살아 주는 줄 알아!"

"누가 할 소리!"

엄마 아빠는 걸핏하면 이렇게 말한다.

나 때문에 사는 엄마 아빠를 위해서라도 빨리 돌아가야
겠다.

그때 허수아비 선생님이 상장 하나를 들고 나타났다.

"자, 여러분! 개미발바닥에난티눈에게 상을 주기로 했어요. 모두 축하해 주세요."

상 장

개비발바닥에난티눈

위 학생은 방귀 크게 뀌기, 코딱지 멀리 튀기기를 비롯해 모든 과목에 우수했기에 이 상을 주어 칭찬합니다.

맘껏놀아 학교장 망태 할아버지

꿈틀이는 상장을 받더니 울음을 터트렸다. 좋아서 우는 건지, 슬퍼서 우는 건지, 아니면 둘 다인지 모르겠다. 아이들은 축하하는 말 대신 꺼억 꺼억 트림을 해 댔다.

나는 망태 할아버지에게 말했다.

"지금 갈래요."

"아직 시간이 남았는데 좀 더 있다 가면 안 되까?"

꿈틀이 녀석이 칭얼거렸다.

“너나 그렇게 해. 난 갈 거야.”

내가 매몰차게 말했다.

망태 할아버지가 망태를 나에게 내밀었다.

꿈틀이 녀석, 눈물이 그렁그렁한 눈으로 나를 바라보았
다. 이게 꿈틀이와 마지막일지도 모른다는 느낌이 들었다.

나는 아이들과 악수를 하고 하나하나 껴안아 주었다. 하
지만 꿈틀이에게는 눈길도 주지 않았다. 대신,

“돼지처럼 살이나 피둥피둥 쪄 버려라!”

하고 퍼부어 주었다.

망태 할아버지가 내 옆으로 다가와
등을 두드려 주었다.

나는 얼른 망태를 뒤집어썼다.

꿀꺽!

꿀꺽!

꾸울~꺽!

어느새 망태 할아버지를 처음 만났던 학교 후문 앞에 와 있었다.

왜 이렇게 낯설지? 혹시 만화 영화에서 본 것처럼 백 년쯤 지난 건 아닐까?

세상에 이럴 수가! 저기 학원 버스가 보인다.

망태 동산에 다녀오긴 한 걸까?

등이 차갑다! 등에 손을 넣어 보니 무언가 잡혔다. 얼음 조각이다! 망태 할아버지가 아까 등을 두드리는 척하면서 넣었나 보다.

이 얼음은 망태 동산에 다녀온 증거다. 다른 애들한테 얼음 조각을 보여 주면서 망태 동산에 다녀왔다고 하면 내

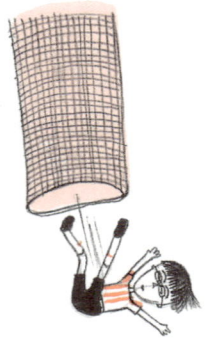

말을 믿어 줄까? 하지만 얼음은 금세 녹을 텐데…….

주머니를 뒤져 보았다. 하나 남겨 두었던 꿈틀이는 역시 어디에도 없었다.

학교 놀이터에는 덕배가 아직도 텅 빈 놀이터에서 혼자 놀고 있었다. 그네를 타고 있는 모습이 쓸쓸해 보였다.

빵! 빵!

저쪽에서 학원 버스가 기다리고 있다. 그때,

"어이, 내 방귀 실컷 먹어라, 뿡야!"

하는 인사가 들려왔다. 소리가 난 쪽을 돌아보니 덕배가 그네를 타며 날아가는 참새에게 손을 흔들고 있었다. 덕배가 어떻게 망태 동산 인사를 알지? 내가 잘못 들은 걸까?

빵! 빵!

학원 버스가 얼른 타라고 나를 다그쳤다.

하지만 나는 버스에 타는 대신 학교 놀이터로 들어갔다. 오늘은 학원에 가고 싶지 않았다. 놀고 싶었다. 망태 동산에서도 실컷 놀지 못했으니까.

덕배는 내가 가까이 다가가는 것도 모르고 그네를 타고 있었다. 망태 동산을 아느냐고 물어볼까? 모른다고 하면 무슨 창피람.

걸음을 멈추고 잠시 망설이다가 작은 목소리로 인사를 했다.

"어이, 내 방귀 실컷 먹어라, 뿡야!"

콰당!

덕배가 그네에서 떨어지면서 놀란 눈으로 나를 바라보았다.

망태 동산 인사를 알아들은 것 같기도 하고 아닌 것 같기도 했다. 내가 시비를 거는 줄 알고 화가 나서 달려들면 어떡하지? 나는 주먹을 쥐고 덕배를 흘겨보며 다시 한번 인사를 날렸다.

"내 방귀 실컷 먹어라, 뿡야!"